Morita Keiko Senryu collection

川柳作家ベストコレクション

守田啓子

失った深さを埋めるように　雪

The Senryu Magazine
200th Anniversary Special Edition
A best of selection
from 200 Senryu writers' works

新葉館出版

川柳は眉毛である

守田啓子川柳句集

3

柳《りゅう》言《げん》

川柳作家ベストコレクション

守田啓子

■ 目次

川柳作家ベストコレクション

守田啓子

第一章　ありふれた朝

骨盤が開き始めた頃の海

△に広がる方が船である

羊水でまだ濡れている壜の底

産道を抜ければ雨月物語

閑かな海や椿の首の軋む音

水の中の静謐　私の中の遺跡

そんな日もあったねちぢみほうれん草
広がってゆくのあたしのほころびが
竈です　つべこべ言ってすみません

理科室に置いてきたあの日のホタル

笑い過ぎて水平線が折れました

駄菓子屋が夕日に溶けてゆく過程

交番に届くわたしの欠けたとこ
さらされるあたしのもふもふした部分
へこんでもへこんでもブリキのバケツ

慰めはまっぴらごめん抹茶パフェ

逆境に満月なんか出てこないで

Let it be こわいものなどなかったね

寂しさを束ね一艘の舟に積む

綿棒で哀しいとこを触られる

人形を流す私の低い川

私より淋しい音を出しなさい

ニュートラルな空間だからほっといて

目的地周辺だから水になるから

ノケモノにされる正しく燃えたのに

Re：Re：Re：Re：Re：胸には刃物らしきもの

素手で触れる森の深さともくろみに

なにもかも皆既日食だよ　さむい

両耳をたたんで雨の日の惰眠

生き残るためのいびつな鼻の穴

まだ青春転んだままのソース瓶
踏まれたら蓬のような香を放つ
見覚えのある夕焼けだ飛べそうだ

お尻から糸を出すひとりの時間

居眠りをしてしまったよ桶狭間

本日はするめシューカツ休みます

土筆ばかり生えて　友情ってなあに
真っ白なページに丸大ボンレスハム
燃えさしになるまで狂いたいのです

しがらみのなかったコッペパンのかたさ

チュニックの裾に広がる私の夕陽

友情の方へと夜は傾いた

骨盤を矯正するか孤立するか
バラバラにならないように足を組む
人だったことは忘れてメェーと鳴く

補助線を一本引いてから眠る

衰運期花の匂いをかいでいる

とりあえず肩甲骨を回しましょう

生き下手でもいいの新玉葱の白

ペットボトルべごっ　些細なことでした

泣き寝入りですかいえいえ羽化ですよ

世間体考え穴に蓋をする

必然を行く美しい蝶結び

自己肯定する　おかわりは自由です

許せそうな玉葱のほどよい焦げ目
下茹でをしっかりされてしまったわ
私が消されてしまうレモン汁

玉結びほどく私になる儀式

他人にも自分にもこんにゃくである

泥つきの葱が乾いてゆく時間

銀杏ぐじゃぐじゃ迷ってばかりいる

こんなとき線香花火持たされる

金魚鉢に金魚がいるという違和感

てらてらと海　白紙には戻れるか

放っといてきれいな〇にもどるから

発酵が終わりゆっくり海になる

はい、そうです。スリッパに星見せました。
ガンダムとささやき合った星月夜
徒然草的生き方で吐く銀河

星を産む哀しいことがあるたびに

天の川の長さじっくり話し合おう

どの鍵をさせば夜明けになるのだろう

うじゃうじゃと女系レタスはちぎられる

タンポポの丘であくびをうつし合う

ロールパンレーズンパンが揉める夕暮れ

しゃあないなテールランプについて行こ

青空を丸めて「Y」まで持ち歩く

後家相が出てますしかと生きてます

白檀の匂い立つ　深追いせぬように
女に生まれひたすら配るさくら餅
夕月が私の弦を掻き鳴らす

一線を越えるグラジオラスな夜

カラスウリの花閉じるまでゆらしてね

きらきらと青の曲線会えますか

片方の糸をビミョーな位置におく
とんずらも考えました鍋の蓋
身ほとりのちゃらんぽらんのありがとう

曖昧という裏切りに救われる

一心同体という美しい勘違い

夕焼けは無責任ですきれいです

放っておけば紙　話しかければ鳥に

一日の穴を数えてから眠る

全方位肯定ムーミンの顔で

諸事万端整う　月はいびつです

唐辛子の隣り　お世話になってます

水になる日はオカリナの音連れて

荒野行く背黒鰯をぶら下げて

あきらめるとかまあいいかなんて　雪

本名を脱ぎ捨てにゆく雪原野

こんもりとスミレ　なんだかさびしいね

この辺でゼンマイをどう巻くかだね

満月の光を纏い初期化する

泣く前に鳥語辞典を誂える

懐を更地に更地には夕陽

何か残そう残そうと鬼灯の夜

草茫々もう決めちゃったことだから

ころがってころがってうやむやにする

夕闇に追われて甘納豆ったら

ニンニクを叩いて忘れたいのです
たっぷりと夕日を浴びて家出する
キャリーバッグ引いて夕陽になってゆく

月が二個出た夜は鳥になるのです

かあさんも一日くらい鳥になる

なるようになって大学芋のつや

寒天を出ていいものか迷ってる

受信トレイはどくだみの花真っ盛り

人を許した夕焼けのみみずばれ

そうするしかないひとまずという水位

濡れた手でありふれた朝呼びに行く

もう何も生まない稜線きらめいて

第二章　ごろんと夕日

捲り切れない三月の黒い海
少年が引き摺ってゆく防波堤
あの海鳴りはレイ・チャールズのピアノソロ

叫んでいるのは海ですか死者ですか

生きていく海岸線を巻きつけて

失った深さを埋めるように　雪

海へ行く聞き分けのないホースです

悲しみを複利計算すれば海

友達でいようと海が立っている

黙祷の形に月も削られる

アメイジンググレイス　海は吹っ切れた

何もかもなくして温かい便座

洗濯物の揺れ方　人の壊れ方
壊れても絹ごし豆腐ですからね
薄情な奴です骨盤底筋

半額？それはないでしょ錆びてきたけれど

枯れるとこ腐るところもちゃんと見て

醤油注ぎに醤油を足せる日までのこと

何をしてきたの真冬のブランコ

晩節の葱のヌメリをどうしよう

五十肩ぐるり星ならまだ産める

ＯＦＦにして三角形でいる日暮れ

スクワットの膝の角度に日暮れくる

夕暮れが象の背中に乗って来る

石は捨てたかヒラメ筋鍛えたか

一切の音抜いてこんにゃくになる

とんがりがあるかときどき触れてみる

ずぼらではありますがおっぱいがある

原っぱになるから転んでいいから

みんな嘘でホントで野仏のまぶた

ライラックの匂いがどうであれ　縮む
宛てがわれた海の深さに逃げ惑う
大切なものにグルグル巻かれてる

つながれて葉脈だけになってゆく

鍔釜の焦げたあたりが疼きます

憎んできた時間をしずかに拭いている

片足で立てるか　何を捨てるか
沙羅の雨失わないという誤解
不完全燃焼というくじなし

割り切れないものが水平線を揺らす

空間をいただく　ふっと居なくなる

泣いて泣いて泣いて手放す丸いもの

生き様を問う脱ぎっ放しのゴム手

如雨露からこぼれる音の中にいる

生きてきた外反母趾という形

戦争へ食い込んでゆく足の爪

あんぱんをもらう象形文字になる

明朝体の奥で昼寝をしています

アオモリゾウと別れて以来うずまきで
片方の手がふるさととの栓を抜く
いつからだろうキラキラしない背びれ

孤立していっぽんの大根を擂る

仏像のうしろですくう盥水

その時がきて空は群青色に

尿器軽き生きている意味問うてくる

伏兵がぞろぞろと出るアドレス帳

アキレス腱伸ばして月を待っている

さりげなく肩を叩いてゆく挽歌

黒よりも黒い別れが吊るされる

古本を売りに行く引き潮のとき

真っ白な便座の丸さ的許し方

触角ぴくぴく　なにをやってんだろうあたし

とろみのないロールキャベツは違憲です

パズル解く号泣という迷い方

沙羅の花の白に瞼を閉じてもらう

夕暮れが来るたび穴を掘っている

孤独ってなに？どんぐりの木を揺する

エプロンをとる夕暮れの楕円形

淋しくてもっと淋しい森へ行く

夕暮れの沼をうっかり覗かれる

視床下部の軋み欠けゆく月の音

とろとろと乳化するまで揺すられる

どんぐりのなる樹ひとりになる話

一人になる　半券をもがれるように

まだ泣き足りないか急性膀胱炎

ぼんやりと見てる喪明けの水平線

たまご屋の閉店　踊り明かそうよ

残された方が夏椿　きっとそう

菩提寺を移す狐の行く方へ

なんだなんだと鳥が来て水脈乱す

死んではいないか万能ネギ散らす

夕焼けを何枚裂けば死ねますか

カシオペアを問合せ先とする　死後

いつ死んでもいいとデカイ月貰う

ぎょうざの皮薄く伸ばして逝く日のこと

百花繚乱　誰もが死んでゆくゲーム

まっしろな終章に降るさくらさくら

ぺらぺらぺらシリウスの瞬きとか死とか

どう死のう　長すぎる飛行機雲よ

少しずつ文字化けさせてさようなら

遠のいてゆく「わ」卓球しませんか

お手頃な長方形を探してる

忖度しない　アボカドの種はずれない

爪先まで井伊直虎な気持ちです

捨てるもの捨てる　毛豆はふっくらと

コピー機に挟まっていたのか　あたし

摘んで摘んで摘んで綿毛になって　ゆく

毛様体筋硬直　はかないものですね

ほんとうの別れに大きすぎる夕日

水平に運ばれて行く青い箱

叱られて叱って叱られて　没

長芋の切り口のような別れです

ストローをうふふと這い上がって　春

桜はまだでニコニコ動画みて眠る

千手観音としだれ桜の互換性

三月です草冠を脱ぎなさい

弥生の月の扁桃腺肥大

私が捨てられている春の路肩

八月の黒いところに貼るガーゼ

八月を火伏せの布の上に置く

夏に戻るか冬に行くかでもめている

油揚げちょっと焦がしたとこに　秋

幸せってなんだろうってて神無月

何もかも少しずつ壊れて　初冬

流さねば私を流さねば　吹雪

全身の泥を落として吊るされる

吐き切って百鬼夜行の中にいる

わたし、ずっとずっとの「っ」です　よろしくね！

あとがきにごろんと夕日　そう夕日

ほんわりとこの世の隅に置くガーゼ

あとがき

この句集は川柳を始めた二〇〇二年から二〇一七年までの十五年間の作品をまとめた私のはじめての句集です。

第一章「ありふれた朝」はテーマを「生」とし第二章「ごろんと夕日」は「死」をテーマとした作品をおもに並べました。これまでの作品の中から句集へ収録する作品二四〇句を選び十五年を振り返ってみました。

二〇〇二年、仕事を辞めて友人とのランチにも飽きた頃、職場の元同僚で川柳の先輩でもある友人から「川柳教室へ行ってみない？　一回五百円だそうよ」とお誘いを受けました。その頃の私には時間はたっぷりありましたので「何かしてみたい」と思っていました。しかも五百円で得体は知れないが川柳というものが作れるようになるのなら、と川柳教室の扉を開けたのです。

するとそこは柳号で呼び合うという私にとっては違和感のある世界でした。川柳を始める時に柳号を勧められましたが、私はかっこいい川柳を作れるようになったら柳号を考えようと思い、まず本名で川柳を始めることに決めました。今もまだ本名のままですが、この句集のタイトル（本名）を見て、柳号で始めるべきだったと後悔の念がよぎったことを申し添えておきます。

私の通った川柳教室は前回をクリニックし、次回の宿題を出すという仕組みです。という一回（五〇〇円）では上手に作れるようになるはずがありません。

教室の先輩の句をみて「うまいなあ」「こんな風に書きたいなあ」と思い続け、講師だった北野岸柳氏が病気で倒れるまでの六年間教室に通うことになったのです。

また、所属している柳社の方から「たくさん句を見ると川柳が上達しますよ、柳誌の編集の一部を担当しませんか」と声を掛けていただき、「それなら」と編集も少し担当させていただくことになったのです。

この時、ブンゲイのブの字もセンリュウのセの字も知らなかった私が句集を発行することになるとは思いもよらないことでした。

「ゆっくり遠くまで」という北野岸柳氏の言葉を信じ、川柳へと導かれていったのです。

また頻繁に創作の壁にぶつかりますが「何故川柳を作っているのだろう」などと悠長に葛藤している余裕はなく、ドタバタと大会、句会、懇親会が押し寄せてきて、次第に川柳がからだの一部のようになってきたのです。

そんなこんなの時を経て生まれた句を、この度一冊の句集に編み上げることができました。私にとってまさかの句集の発行です。

思い起こせば十五年前は視力が左右1.5でしたのでメガネはかけたこともなかったのですが、現在は遠近両用とパソコン用メガネの二種類を用意し使い分けて生活をしています。もうメガネなしでは生きていけません。最近は目・首・腰・足の事情でパソコンに向かうのは二時間が限度です。

この先はゆったりと自分を見つめ、書いていきたいと思っております。

私を川柳へ導いてくださった柳人や、川柳を教えてくださった北野岸柳氏、そして「初めての句集だから、句がたくさんあるから大丈夫。自分の句を見据えるいい機会だよ」と句集の発行に背中をぽんと押してくださった柳人へほんとうに感謝の気持ちでいっぱいです。

またいつもわがままいっぱい川柳をさせていただいております柳人の皆様、『川柳作家ベストコレクション』を企画、発行してくださった新葉館出版様には心より感謝申し上げます。

二〇一七年十二月吉日

守田　啓子

●著者略歴

守田啓子（もりた・けいこ）

1961年生まれ　B型　みずがめ座
2002年　川柳を始める
おかじょうき川柳社会員　カモミール句会会員　川柳塔社会員

川柳作家ベストコレクション
守田啓子
失った深さを埋めるように　雪
○
2018年 2 月15日　初　版
著　者
守　田　啓　子
発行人
松　岡　恭　子
発行所
新　葉　館　出　版
大阪市東成区玉津1丁目9-16 4F　〒537-0023
TEL06-4259-3777㈹　FAX06-4259-3888
https://shinyokan.jp/
○
定価はカバーに表示してあります。

ISBN978-4-86044-889-9